Os jogos e a educação infantil

Amparo-me nos ombros dos mestres
não apenas porque os admiro
e suas obras me entusiasmam,
mas também porque tenho a ambição
de assim enxergar mais longe.

Celso Antunes

Direção geral Donaldo Buchweitz
Coordenação editorial Jarbas C. Cerino
Assistente editorial Elisângela da Silva
Autor Celso Antunes
Revisão Editorial Ciranda Cultural
Projeto gráfico Monalisa Morato

Dados Internacionais de Catalogação na Publicação (CIP)
(Câmara Brasileira do Livro, SP, Brasil)

Antunes, Celso
Os jogos e a educação infantil / Celso Antunes. -- São Paulo : Ciranda Cultural, 2010.

ISBN 978-85-380-1425-6

1. Educação de crianças 2. Educação infantil 3. Jogos educativos I. Título.

10-05986 CDD-371.337

Índices para catálogo sistemático:

1. Jogos : Educação infantil 371.337

Ciranda Cultural Editora e Distribuidora Ltda.
Rua Frederico Bacchin Neto, 140 – cj. 06 – Parque dos Príncipes
05396-100 – São Paulo – SP – Brasil

1ª Edição
www.cirandacultural.com.br
Impresso no Brasil

Sumário

PRIMEIRA PARTE
Capítulo I
Como ensina quem bem ensina?

Bem ensina quem "transforma" seus alunos, ajudando-os na construção de aprendizagens: quem ensina a receita que não mais se esquece, quem transmite conselhos que se guarda e se usa a vida toda e quem permite ao seu aluno olhar o mundo com outros olhos. Por essa razão, quando se bem ensina, descobre-se que quem deveria aprender:

- **transformou-se**, pois agora sabe coisas que não imaginava, associa o que sabe a si, às pessoas que conhece e ao seu entorno e se faz capaz de executar com firmeza e segurança atividades que antes não sabia;

- conquistou **significações** em relação ao aprendido, pois agora consegue fazer do que aprendeu uma ferramenta para conhecer outras coisas, mesmo sozinho;

- dominou uma **capacidade** específica, mas não terá dificuldade em **transferi-la** para outras situações. Quem, por exemplo, aprendeu a somar é capaz de fazer somas que inventa, quem aprendeu a ler é capaz de ler tudo o que desejar ler;

- revelou uma capacidade de **guardar** os saberes conquistados e, dessa forma, será capaz de exercitá-los mesmo que fique certo tempo sem ouvir falar das coisas que já aprendeu.

Com essas quatro conquistas, podemos afirmar que ensina bem o professor que utiliza os conteúdos específicos das diferentes disciplinas escolares e produz em seus alunos a construção de uma aprendizagem, levando-os a se **transformarem** e, ao mesmo tempo, tornarem-se capazes de **atribuir significações ao que aprenderam, de transferir o aprendido para outras situações e circunstâncias** e, ainda, de revelar a capacidade de **preservar o essencial nos saberes conquistados.**

Veja nos exemplos seguintes uma situação de verdadeira aprendizagem, ou aprendizagem significativa, e de uma falsa aprendizagem, ou aprendizagem automática.

Luiz aprendeu que, antes do descobrimento do Brasil, o mundo desconhecia que aqui existiam terras e povos. Soube que alguns reis da Europa, principalmente de Portugal e da Espanha, precisando de dinheiro, resolveram organizar expedições para conhecer novas partes do mundo e, viajando pelos oceanos, chegaram até onde estamos e assim começou nossa história. Isso já faz mais de 500 anos. Luiz, ao aprender essas coisas, transformou-se e agora sabe coisas que sequer imaginava, percebeu por que o Brasil foi "descoberto" e o que isso significava, compreendeu que muitos anos atrás havia países desejosos de encontrar terras novas e pode hoje comparar a diferença entre países. O **descobrimento do Brasil** representou, assim, uma **aprendizagem significativa** para Luiz, diferente de seu amigo Paulo, que decorou que o Brasil foi descoberto em 1500 sem nem mesmo saber o que quer dizer “descoberta”. Paulo, infelizmente, decorou frases e, assim, aprendeu de maneira mecânica.

Capítulo II
O que é necessário para um bem ensinar?

A construção da aprendizagem, a excelência do trabalho do professor produzindo em seu aluno uma transformação, significação, transferência da aprendizagem para outros saberes e uma retenção significativa do aprendido é um pouco mais difícil de alcançar do que uma aprendizagem mecânica, mas suas vantagens são incomparáveis.

A transformação vivida por Luiz somente foi possível porque se cumpriu uma série de providências, desenvolvendo diferentes **fundamentos.**

Estes fundamentos são:

- **MOTIVAÇÃO;**
- **SIGNIFICAÇÃO;**
- **SEQUÊNCIA;**
- **REFORÇO;**
- **APOIO; e**

- **AVALIAÇÃO SIGNIFICATIVA.**

MOTIVAÇÃO

Motivação deriva do substantivo "motivo", que é a causa ou a razão que nos leva a fazer alguma coisa. Quando nos arrumamos para sair ou para ir a um encontro, o tempo que perdemos diante do espelho é justificado porque existe um motivo. Se esse motivo desaparece (recebemos um telefonema dizendo que o encontro foi adiado), desaparece a motivação e não pensamos mais em nos arrumar. Na sala de aula, um professor "motivado" é aquele que deseja que seu aluno construa aprendizagens significativas, e um aluno motivado é aquele que gosta ou que tem a intenção de aprender. Assim, a motivação do aluno é um dos fatores principais na extensão e na rapidez da aprendizagem e é impossível pensar em um excelente professor se ele não é capaz de **provocar motivações.**

Toda criança saudável possui uma inesgotável vontade de aprender e, dessa forma, traz sempre sua motivação em alta. Mas isso não é razão para que o professor não se empenhe continuamente em aumentar a motivação de seus alunos, **abrindo sempre um novo assunto com perguntas curiosas, desenvolvendo jogos** para mais intensamente motivá-los. Como é verdade que toda criança adora aprender coisas novas e como não é menos verdade que também adora brincar, por que não ensiná-las propondo brincadeiras saudáveis, gostosas e não competitivas? Mais ainda: ao motivar crianças com jogos e com dinâmicas curiosas é possível, **além de abranger todo o conteúdo que está nos programas escolares, estimular a troca de ideias e a liberação da criatividade, permitindo que os alunos desenvolvam sentimentos de confraternização, cooperação e exercícios de concentração.**

Um dos mais importantes fatores na motivação do aluno é seu **protagonismo,** isto é, sua capacidade de sentir-se envolvido e com um papel a cumprir na tarefa proposta. Se uma criança adora jogar bola, brincar de se esconder ou passar horas disputando um jogo eletrônico é porque nessas ações ela se sente um "protagonista", um ator, e não apenas ouvinte ou espectador. O contrário acontece em uma aula com alunos sentados em fila e proibidos de conversar, que se torna um momento "desmotivador" e, por isso, quase sempre um momento "muito chato". Aulas com jogos e dinâmicas são ações que propõem protagonismo, animam a linguagem, estimulam pensamentos, enriquecem as memórias e instigam as inteligências.

SIGNIFICAÇÃO

Se a motivação é um fator para o sucesso e a rapidez da aprendizagem, também o é a **significação**, pois **quanto mais significativa é uma lição, mais fácil é sua aprendizagem.** Mas, apesar da certeza da importância da significação, infelizmente ainda existem estudantes a quem se impõem tarefas desprovidas de significado e que por isso pensam que aprendem ao decorar conceitos, desenvolvendo assim uma inútil aprendizagem automática.

É por essa razão que antes de estabelecer o que deve ser passado aos alunos, um dever imprescindível de todo professor é verificar se **suas mensagens e informações fazem integral sentido para o aluno, se elas se ligam às coisas que ele sabe, aos desenhos que assiste ou às conversas que desenvolve com seus amigos.** Em caso negativo, ou mesmo que faça apenas "algum" sentido, é inútil insistir e é essencial que o professor refaça sua maneira de transmitir informações, dando-lhes plena significação e, dessa forma, transformando-as em conhecimentos.

SEQUÊNCIA

Imagine que o aluno, Paulo, necessita guardar na memória algumas palavras. Por exemplo:

BOLA / DEPOIS / GOSTOSA / UMA / É / MAR / MERGULHAR / NO / E / COISA / JOGAR.

Coitado. O Paulo precisaria se sacrificar bastante, pois as palavras são conhecidas, mas, colocadas a esmo na sentença, perderam sua significação. Nesse caso, faltou a **sequência**. Veja como as coisas seriam mais fáceis se as palavras viessem em sequência:

UMA / COISA / GOSTOSA / É / JOGAR / BOLA / E / DEPOIS / MERGULHAR / NO / MAR.

Esse exemplo não ocorre somente com palavras, mas também com números. Das duas formas a seguir, por que a primeira é bem mais fácil de guardar?

(1ª) 1 - 2 - 3 - 4 - 5 - 6 - 7 - 8 - 9 - 0

(2ª) 6 - 8 - 4 - 5 - 1 - 0 - 3 - 9 - 2 - 7

Mais uma vez, percebe-se como a sequência de uma tarefa de aprendizagem é importante para que se possa efetivamente aprendê-la. Com grande frequência, descobrimos pessoas que "sabem muito" determinado assunto, mas explicam mal e não produzem aprendizagem significativa porque não utilizam seu raciocínio e bom-senso no sentido de escolher o que colocar em primeiro lugar em uma explanação (em um texto, composição musical, equação aritmética, etc.) e depois em segundo e assim por diante.

A arte de ensinar, entre outros fundamentos, não pode esquecer a posição da sequência no tema apresentado. Para que seu aluno perceba o quanto isso é importante para você, mas também para ele, porque está construindo uma aprendizagem, invente uma brincadeira na qual um personagem se veste logo depois de um banho, começando pelo paletó e terminando pela cueca.

REFORÇO

Para trazer a atenção dos seus alunos, todo professor necessita sempre encontrar algum ponto com os conteúdos que busca trabalhar, alguma referência ou curiosidade que sirva de "reforço". Muitas vezes, esse destaque pode ser uma pergunta curiosa e provocativa, uma ligação entre o conteúdo exposto e a novela que muitos assistem ou o esporte que todos acompanham. Outras vezes, ir para o fundo da sala, escrever esta ou aquela palavra com cor diferente, provocar uma dinâmica ou envolver os alunos em jogos operatórios e criativos, ou brincadeiras significativas. Produzir "reforços" em aula não deve implicar no dispêndio excessivo de energia e nem na criação de truques e mágicas, mas simplesmente ter a ousadia de saber quebrar a monotonia com bom-senso, alegria e alguma novidade, substituir a rotina desgastante com um jogo desafiador.

APOIO

Todo professor sabe que uma de suas mais importantes funções é **ajudar seu aluno a aprender e, dessa forma, orientar seus passos no caminho de uma aprendizagem significativa.** Mas uma pergunta que muitos fazem é exatamente sobre o nível ou o grau dessa orientação, se está sendo restrita ou excessiva ou, ainda, quando deve diminuir a intensidade da ajuda e dessa maneira desenvolver a independência na aprendizagem.

É evidente que não existe uma resposta que sirva para todos os casos. Existem alunos que com pouca ajuda "disparam" em seu processo de aprendizagem, enquanto outros possuem maior dificuldade; alguns necessitam de estímulo e apoio constante e outros quase o dispensam. Não existe uma regra definitiva para estabelecer essa diferença e avaliações periódicas e bem-feitas mostram com quais alunos a ajuda do professor precisa ser mais intensa. Há, entretanto, um fundamento sempre essencial em toda aprendizagem significativa e que deve sempre acompanhar o professor em todas as suas avaliações: **nas fases iniciais de qualquer tarefa de aprendizagem, a orientação do professor é essencial e, quanto mais atuante, maior e melhor a aprendizagem; mas, à medida que o aluno vai ganhando segurança do domínio de significações e sequências, a orientação do professor deve ser gradualmente retirada, de modo que o aluno aprenda a depender apenas de si.**

A intervenção do professor nesse processo é extremamente importante, mas, muitas vezes, a presença e a ajuda obsessiva comprometem seriamente a segurança do aluno.

Tudo isso é muito importante para o professor que, quando assume uma turma nova, **deve investigar com cuidado o que seus alunos sabem e, assim, identificar se as aprendizagens** passadas podem ajudar ou prejudicar as novas. É importante eliminar quaisquer aprendizagens antigas que possam transferir-se negativamente e utilizar tudo, absolutamente tudo, que o aluno saiba para estimular transferências positivas. Quando, por exemplo, o aluno aprendeu uma palavra com a pronúncia incorreta, é importante que se insista para que a empregue sempre de forma correta. Qualquer aluno pode decorar que $6 \times 5 = 30$, mas é essencial que perceba que 6×5 corresponde a $5 + 5 + 5 + 5 + 5 + 5$. Para ter certeza de que os alunos estão sempre aprendendo de forma significativa, é interessante solicitar que repitam o que aprenderam, mas com palavras diferentes das usadas pelo professor ou daquelas que aparecem no texto.

AVALIAÇÃO SIGNIFICATIVA

A verdadeira avaliação deve ser sempre contínua e estar presente em todas as aulas, em múltiplas situações. Parar muitas vezes a apresentação de novos conteúdos e **conversar com a classe, pedindo que contem "do seu jeito" as coisas que estão aprendendo, solicitar que "apliquem" em seu dia a dia os saberes conquistados na escola, insistir para que percebam que todo saber somente tem razão de existir quando mostra validade nas coisas que se fazem fora da escola são processos que auxiliam na promoção de uma permanente e constante avaliação significativa.**

Todo professor necessita sempre de um gostoso "bate-papo" com seus alunos, mesmo fora da sala de aula, interrogando-os sobre o uso que estão dando aos saberes conquistados a cada aula. Em um filme assistido pela televisão ou no jogo de futebol disputado aos domingos, existe sempre uma imensa quantidade de saberes da Língua Portuguesa e da Matemática, da Geografia e da História, das Ciências e das Artes, da Educação Física e de outras coisas boas que devem ocorrer em uma excelente aula.

Uma aula gostosa é sempre rica em motivação, completa em significação, provocativa na solicitação de sequências, surpreendente pelos destaques que sugere, exploradora de múltiplas transferências positivas e finalizada com avaliações sempre muito significativas.

Capítulo III
Por que os jogos são importantes ferramentas para um bem ensinar?

Os jogos não são apenas uma maneira moderna e criativa de ministrar aulas: eles representam principalmente estratégias motivadoras para um ensino vivo e para uma aprendizagem cheia de significações e transferências positivas. Mais ainda, utilizar jogos em sala de aula não é difícil, pelo contrário, é interessante, pois atuam como estímulo poderoso e desafiador para o cérebro e seus pensamentos, permitindo uma aprendizagem criativa.

Os alunos adoram esse tipo de atividade, mas a razão principal de seu emprego é converter os alunos de meros espectadores para verdadeiros protagonistas do aprendizado.

Alguns dicionários escolares que circulam pelo Brasil definem "jogo" como uma diversão submetida a regras, na qual se ganha ou se perde.

Nesse conceito, quatro pontos merecem destaque:

1. **O jogo é uma diversão.**
2. **Todo jogo está sujeito a regras.**
3. **No jogo, ganha-se ou perde-se.**
4. **Portanto, é uma diversão competitiva.**

Essa definição não se afasta do que se vê em quase todos os jogos. Os jogos esportivos são, em geral, considerados atos de lazer ou de diversão, necessitam que determinadas regras sejam obedecidas e, não ocorrendo isso, há uma punição para o infrator. Nos esportes, existe sempre uma competição que pode terminar em empate, mas o objetivo é a busca da vitória de uma ou outra equipe. A mesma definição se adequa também para jogos de azar, em que se disputa prêmios ou dinheiro e vale para a maior parte das brincadeiras infantis.

Em alguns pontos, os jogos pedagógicos de que trata este livro identificam-se com o conceito acima, mas, em muitos outros pontos, existem diferenças substanciais.

Esteja atento a elas.

Um jogo pedagógico é sempre:

- uma diversão, mas seriamente comprometida com **uma aprendizagem significativa;**

- os jogos pedagógicos também estão sujeitos a regras, mas estas estão ligadas às regras essenciais para se viver em grupo, para que um sempre possa ajudar o outro;

- além disso, em um outro ponto, os jogos lúdicos e esportivos diferem dos jogos pedagógicos, pois estes pregam predominantemente a **cooperação**, raramente gerando qualquer tipo de competição.

Os jogos pedagógicos também são denominados **operatórios** porque sugerem **operações mentais,** como comparar, analisar, classificar, deduzir, relacionar, localizar, descrever, etc. Por todos esses elementos, um conceito adequado para "jogos pedagógicos ou operatórios" deve realçar que são **situações de ensino, submetidas a domínio e uso de determinadas regras; e geralmente são cooperativos e estimuladores de significação e de transferências que facilitam a aprendizagem e a avaliação significativa.** É por essa razão que um bom jogo pedagógico pode divertir, alegrar e desafiar, mas, principalmente, ajudar a criança a aprender e desenvolver suas capacidades cerebrais.

Sempre quando um jogo operatório terminar, **é essencial que o professor provoque uma reunião com os alunos, discutindo como e por que a atividade foi desenvolvida, colhendo livremente ideias, pensamentos, propostas e sugestões dos alunos.** Essas reuniões, ainda que breves, são essenciais para que os alunos possam pensar na ação desenvolvida e internalizar ideias sobre seus procedimentos.

Concluídas essas considerações iniciais, passa-se à segunda parte deste livro, repleta de propostas e ideias sobre alguns jogos e como devem ser utilizados. Daqui em diante, o livro tem a pretensão de funcionar como uma espécie de fonte de consulta para que o professor, ao organizar o planejamento de suas aulas, resgate este ou aquele jogo, dominando os meios para fazê-lo em sala de aula, adaptando-o às características de seu trabalho e aos níveis de dificuldades de seus alunos.

Em termos mais objetivos, a primeira parte serve para refletir sobre um "por que fazer" e assim trazer o desejo de uma leitura crítica, reflexiva e sequencial de seus capítulos. A segunda parte, ao contrário, deve ser utilizada para buscar informações sobre "como fazer", procurando exemplos e estratégias específicas para os muitos temas de um planejamento pedagógico, sem importar-se com a ordem com que os capítulos são propostos.

A intenção é facilitar caminhadas metodológicas de professores que buscam novas experiências, animados na gostosa vontade de aprender sempre e aprender cada vez mais. Antecipadamente agradeço essa leitura e me coloco sempre disposto ao carinho de um diálogo vivo e ao entusiasmo de discussão permanente.

Celso Antunes
celso@celsoantunes.com.br

Capítulo IV
O que todo educador deve levar em conta quando aplicar os jogos?

Nenhum jogo é uma ferramenta educativa em si. Aplicado sem intenções formativas, representa apenas uma estratégia de recreação. É por essa razão que todo jogo desenvolvido em sala de aula deve propiciar oportunidade de o educador observar a ação das crianças e poder, com sua intervenção, ajudá-las sempre a:

CONSTRUIR SUA HISTORICIDADE

Ajudar a criança a sempre ampliar seu vocabulário, pensando nas ações desenvolvidas em termos de passado, presente e futuro.

DESENVOLVER PENSAMENTOS LÓGICOS

Fazer com que a criança trabalhe números e quantidades, percebendo a distinção entre conceitos como "muito", "pouco", "perto", "longe", "neste" e "naquele" lugar e tantos outros.

AMPLIAR SUAS LINGUAGENS

Animar suas representações, propondo alternativas de expressão pela fala, desenho, representação, canto, colagens, etc.

DESAFIÁ-LA A PENSAR

Propor durante e, principalmente, após o jogo, questões desafiadoras que a levem a comparar o que fez com fatos e elementos de seu mundo e de seu cotidiano. Ajudá-la sempre a relacionar o jogo à vida, aos acontecimentos da rua, da família e da escola.

ESTIMULAR SUA CAPACIDADE DE ASSOCIAÇÃO

Sugerir maneiras novas de jogar o mesmo jogo e ligá-lo à música, a figuras e a temas estudados.

APRIMORAR SEU DOMÍNIO MOTOR

Destacar a importância essencial das regras e mostrar que, como o jogo, a relação com os outros, na escola e no lar, pauta-se também por regras. Ajude-a sempre que possível a escovar os dentes, amarrar sapatos, usar talheres e também a martelar, encaixar, parafusar, arrumar coisas, etc.

LIBERTAR-SE DE PRECONCEITOS E ESTEREÓTIPOS

Afastá-la de ideias sobre "coisas" de meninos ou de meninas, de que existem profissões muito ou pouco importantes, destacando a beleza e a riqueza que reside em aceitar sempre as diferenças.

FAZER E PRESERVAR AMIZADES

Nunca se esqueça de enaltecer a cooperação, a amizade, a ajuda e a solidariedade, mostrando as relações de afeto que podem ser extraídas de desenhos animados, filmes e cenas do dia a dia. Deve-se ensiná-la a ganhar e a perder, colocando-se na situação do outro e aceitando as perdas com normalidade.

SEGUNDA PARTE

Uma listagem de jogos pedagógicos certamente nos levaria a outros milhares. Não constitui objetivo deste trabalho caracterizar-se como um manual que busca destacar-se pela quantidade. Entre as muitas formas de classificar e organizar jogos pedagógicos, destacamos seis áreas e, para cada uma delas, propomos alguns jogos para que possam representar sugestão para a seleção de mais outros, se assim o professor e o planejamento pedagógico da escola julgarem conveniente. As áreas selecionadas são:

1. Letramento, leitura e línguas
2. Movimento e atividades corporais diversas
3. Compreensão e domínio de fundamentos numéricos
4. Compreensão e domínio de fundamentos de espaço e de tempo
5. Compreensão e domínio de conceitos relativos ao ensino de Ciências
6. Jogos para exercício de habilidades artísticas

JOGOS PARA LETRAMENTO, LEITURA E LÍNGUAS

Nome	LETRAS E RECADOS
Idade	DE 6 A 8 ANOS
Recursos	LÁPIS OU CANETA E PAPEL
Objetivos	AGILIZAR A LEITURA E A CRIATIVIDADE LINGUÍSTICA

- Um aluno diz alguma letra do alfabeto e o professor a registra na lousa. Depois é a vez de um segundo aluno, seguido por um terceiro, e assim até que dez letras tenham sido registradas;

- Cada participante deve, em uma folha de papel, anotar as dez letras escolhidas;

- Os alunos, organizados em duplas (ou em trios se a quantidade de participantes for ímpar), deverão escrever uma mensagem em estilo telegráfico, cada palavra começando com uma das dez letras escolhidas, sempre na ordem dada.

EXEMPLO:

Imaginemos que as letras escolhidas foram: M | C | T | P | D | G | Q | N | I | E

Uma das duplas poderá produzir a mensagem: MEU QUERIDO COLEGA TIROU PAPEL DA GAVETA NADA INTERESSANTE ENCONTRANDO.

ALTERNATIVAS DE USO DESSE JOGO PEDAGÓGICO

- O professor pode alternar a quantidade de letras, começando com menos de dez;

- Como não são fáceis palavras que comecem com algumas letras (K, Q, X, W, Y, Z) o professor poderá excluí-las do jogo;
- É sempre válida a ajuda do professor às duplas;
- Palavras não essenciais à clareza do texto (O, A, UM, UMA, PARA, OS, etc.) podem ser omitidas;
- Não esquecer de uma reunião com os participantes para ouvir ideias e sugestões para outra oportunidade de jogar.

Nome	**SOLUÇANDO DE MENTIRINHA**
Idade	DE 6 A 8 ANOS, DESDE QUE CONHEÇAM O ALFABETO
Recursos	NENHUM
Objetivos	ESTIMULAR A ATENÇÃO E O DOMÍNIO DE VOGAIS E CONSOANTES

- Para jogar *Soluçando de Mentirinha,* os alunos deverão dizer o alfabeto rapidamente, mas, cada vez que houver uma VOGAL, deverão simular um soluço dizendo HIC-HIC em vez de pronunciar essa letra. Assim, o primeiro aluno escolhido pelo professor diz HIC-HIC no lugar do A, o segundo diz B, o terceiro C, e assim sucessivamente até terminar o alfabeto;

- Depois de familiarizados com o alfabeto, o professor pode escolher palavras ou sentenças, sempre animando os alunos a uma rapidez maior, com o objetivo de dizê-las sem que ninguém se distraia e diga a vogal no lugar do soluço. Destacar sempre que o erro nunca é do aluno individualmente, mas da classe que ele representa. Exemplificar com jogos esportivos nos quais uma equipe ganha ou perde, pois os erros individuais são neutralizados pelo esforço coletivo.

ALTERNATIVAS DE USO DESSE JOGO PEDAGÓGICO

- Para animar a classe, pode-se substituir o soluço por um latido, um miado ou outro som ou palavra qualquer;

- Não esquecer de uma reunião com os participantes para ouvir ideias e sugestões para outra oportunidade de jogar.

Nome	**A HORA DA PALAVRA**
Idade	CRIANÇAS DE QUALQUER IDADE QUE CONHEÇAM O ALFABETO
Recursos	NENHUM
Objetivos	ESTIMULAR A ATENÇÃO, DIVERSIFICAR E AMPLIAR O VOCABULÁRIO

- O professor ou algum aluno que ele indicar escolhe uma palavra e, durante os próximos 10 minutos (ou outra fração de tempo que o professor determinar), todas as frases ditas por qualquer aluno da classe deverão ter essa palavra. Se, por exemplo, a palavra da vez for ALUNO, cada frase que todos forem convidados a dizer deverá contê-la. Depois de terminar o tempo acordado, muda-se a palavra e o jogo continua;

- A palavra escolhida deverá sempre ser um substantivo, um adjetivo ou um advérbio e toda a frase pronunciada necessita estar gramaticalmente correta;

- Estabelecida a regra, escolhe-se a palavra e o professor passa a fazer uma entrevista com seus alunos para aferir se a palavra da vez sempre aparece em suas respostas.

ALTERNATIVAS DE USO DESSE JOGO PEDAGÓGICO

- É sempre importante que o professor tenha em mente o objetivo do jogo e, dessa maneira, estimule a criatividade sem abrir mão da correção gramatical;

- Na discussão com a classe após o jogo, é essencial o professor mostrar que as regras tornam a brincadeira possível e os alunos perceberem que as regras são essenciais para jogar. É um ótimo estímulo para ensinar que também existem regras para brincar com os amigos, portar-se durante a aula, conversar com outras pessoas e assim por diante.

Nome	**TROCANDO PALAVRAS**
Idade	CRIANÇAS DE QUALQUER IDADE QUE ESTEJAM ALFABETIZADAS
Recursos	PAPEL, LÁPIS E CANETA
Objetivos	ESTIMULAR A CRIATIVIDADE E O GOSTO PELA LEITURA

- O professor sugere que cada aluno faça uma lista com cinco substantivos e que não a mostre aos demais colegas;

- A seguir, os alunos devem escrever cinco sentenças que façam sentido e que se refiram a qualquer outro colega da classe. Por exemplo: HELENA GOSTA MUITO DE LAMBER SORVETE; RUBINHO SÓ PENSA EM JOGAR FUTEBOL, e assim por diante;

- Depois, cada aluno possuirá a lista dos cinco substantivos e as cinco sentenças. Obedecendo a um aviso do professor, os alunos trocam a lista de seus cinco substantivos com um colega ao lado, e todos ficam sem a sua lista original;

- O papel de cada aluno nesta etapa é ler a primeira sentença e **substituir uma das palavras por outra que esteja em sua lista.**

EXEMPLO:

HELENA GOSTA MUITO DE LAMBER FUTEBOL; RUBINHO SÓ PENSA EM JOGAR SORVETE, etc.

Os alunos devem, quando necessário, adaptar as sentenças para o masculino ou para o feminino, para o singular e para o plural.

ALTERNATIVAS DE USO DESSE JOGO PEDAGÓGICO

- O professor deverá estar sempre atento para que o jogo seja engraçado e inteligente. Mas não deverá desviar-se para críticas pessoais que podem marcar negativamente um ou mais alunos;

- Após alguns minutos, o professor pode inverter a ordem das palavras trocadas e, assim, dar sempre muita alegria e animação ao jogo.

Nome	**CAUSA E JUSTIFICATIVA**
Idade	CRIANÇAS DE QUALQUER IDADE QUE ESTEJAM ALFABETIZADAS
Recursos	NENHUM
Objetivos	AMPLIAR A COMUNICAÇÃO E AUMENTAR O VOCABULÁRIO

Os alunos devem ser organizados em grupos com três ou quatro integrantes e dispor de 3 a 5 minutos para **organizarem a sua apresentação**. Devem ser instruídos que a apresentação de cada grupo precisará conter:

1. Uma **afirmação direta**, que será dita pelo primeiro aluno.
2. Uma **complementação** da informação, apresentada pelo segundo.
3. Uma **causa** (quanto mais original melhor) apresentada pelo terceiro.
4. As justificativas finais, apresentadas pelo quarto aluno.

EXEMPLO:

GRUPO AMARELO

1º aluno: HOJE, QUANDO TERMINAR A AULA, NÃO VOU PARA CASA.

2º aluno: NÃO VOU MESMO, VOU PINTAR MEU CABELO DE VERDE.

3º aluno: QUERO CONVENCER OS NOSSOS VEREADORES...

4º aluno: ... QUE TEMOS DE PROTEGER O VERDE.

A apresentação de um grupo deve ser sempre acompanhada pelos demais, pois, ao final das apresentações, todos os grupos devem julgar quais foram as melhores. Um grupo pode votar em qualquer apresentação, menos na sua.

ALTERNATIVAS DE USO DESSE JOGO PEDAGÓGICO

- É importante que o professor tenha em mente o objetivo do jogo e, dessa maneira, avalie as apresentações, considerando sempre a validade da afirmação direta, complementação, causa e justificativa;

- Os temas trabalhados em aula podem ser criados pelos alunos, mas também é válido o desenvolvimento do jogo com situações similares às reais, experimentadas pelos alunos em seu dia a dia;

- Se o professor desejar, pode organizar o jogo com fundamentos históricos, geográficos, das ciências naturais ou das artes.

EXEMPLO:

1º aluno: CABRAL DESCOBRIU O BRASIL...

2º aluno: ... ENFRENTANDO UM OCEANO ASSUSTADOR PARA SUAS FRÁGEIS CARAVELAS.

3º aluno: O REI DOM MANUEL, QUE O ENVIOU, QUERIA ESTENDER SEUS DOMÍNIOS PELO NOVO MUNDO;

4º aluno: PORQUE NOVAS ÁREAS COMERCIAIS ERAM ESSENCIAIS PARA MANTER O PODER CONQUISTADO.

Nome	**O JOGO DO DICIONÁRIO**
Idade	CRIANÇAS DE QUALQUER IDADE QUE ESTEJAM ALFABETIZADAS
Recursos	PAPEL, LÁPIS E CANETA
Objetivos	AUMENTAR O VOCABULÁRIO E MELHORAR A EXPRESSÃO VERBAL

- O professor deve incentivar a classe para que **crie palavras novas** e que possam se referir a situações típicas do cotidiano dela. Podem ser **palavras sem sentido ou com seu sentido original transformado, de cujo som se inventam outros significados**. Vale também a criação de palavras ou expressões com alguma razão específica, por exemplo, DIA DE GENERAL para registrar um dia em que todos apresentaram suas lições, ou ainda ESFARRAPO para expressar dias ou momentos que as coisas não andam com rapidez;

- **É interessante que o professor enfatize que as palavras inventadas não são verdadeiras, simulam brincadeiras e são válidas apenas para a classe. Para incentivar seus alunos, invente as primeiras;**

- Depois de algum tempo (duas semanas, um mês ou dois) as palavras devem **perder sua validade**, sendo substituídas por outras inventadas pelos alunos.

ALTERNATIVAS DE USO DESSE JOGO PEDAGÓGICO

- Se for possível, o professor pode ajudar os alunos a adicionarem ao *Jogo do Dicionário* algumas palavras de outras línguas, levando-os, dessa maneira, a desenvolver algum vocabulário em Língua Estrangeira;
- É importante que o professor mostre que a invenção de palavras é apenas um jogo que visa à facilidade de expressão e à criatividade e que, portanto, deve ser usada somente na sala de aula e em situações específicas de aprendizagem;

- Não se esquecer de fazer uma reunião com os alunos após a realização do jogo, mostrando as razões de seu emprego e ouvindo ideias e sugestões para novos jogos, com regras estabelecidas pelos próprios alunos.

JOGOS PARA MOVIMENTO E ATIVIDADES CORPORAIS

Francisco entra na escola correndo, embora não esteja atrasado, vai até sua sala e, saltitando, pendura sua mochila e volta ao pátio. Não senta por 1 segundo e envolve-se nesta, depois em outra e, mais tarde ainda, em outra brincadeira, em outro desafio. Para um adulto que o assiste, surpreende a energia de Francisco e encanta o caráter frenético de seus movimentos. Assim, o agito dos movimentos de toda criança são produtos de uma espontaneidade e provocados pelo encanto e pelas surpresas de múltiplas brincadeiras.

Mas, se Francisco – ou outra criança qualquer – for deixado ao acaso, a ação admirável de todos esses movimentos pode privilegiar alguns músculos em detrimento de outros, estimular ações corporais que demandam fadiga para certos membros e ociosidade para outros. É por essa razão que a Educação Corporal constitui capítulo imprescindível na formação de toda criança.

Saber usar os movimentos do corpo de maneira articulada e diferenciada para os desafios do dia a dia constitui um elemento essencial da inteligência humana, particularmente da chamada Inteligência Corporal-Cinestésica. Na dança, no artesanato, na mímica e no esporte, mas principalmente nas relações interpessoais, é possível ampliar os limites da educação do movimento e fazer dessa educação um novo vínculo na comunicação humana.

Educar os movimentos de uma criança não é menos importante que alfabetizá-la, assim como estimular sua capacidade de escutar não é menos importante que ensiná-la a fazer operações aritméticas, mas, infelizmente, em nosso país **existem as disciplinas de maior e as de menor prestígio, o que, convenhamos, constitui tolice incompreensível.** É assim, pensando em todos esses fundamentos e refletindo sobre a imensa importância da **educação dos movimentos corporais**, que nesta breve seleção não poderiam faltar alguns jogos para atividades físicas. É evidente que melhor que cinco, seria uma centena deles e, assim, a apresentação dos mesmos vale mais como estímulo que justifica sua importância imprescindível e a busca de outros, muitos outros.

Nome	**UMA DANÇA DIFERENTE**
Idade	CRIANÇAS DE 5 ANOS OU MAIS
Recursos	UMA CADEIRA A MAIS QUE O NÚMERO DE ALUNOS NO GRUPO E UMA SELEÇÃO DE MÚSICAS PREVIAMENTE PREPARADAS PELO PROFESSOR
Objetivos	ESTIMULAR A AGILIDADE E A ATENÇÃO, DESENVOLVENDO AÇÕES CORPORAIS MÚLTIPLAS

- Com a seleção e as cadeiras dispostas pela sala, os alunos devem ser instruídos a **desenvolver movimentos específicos para cada tipo de música que se ouvir, assim como ficarem imóveis toda vez que houver interrupção da música;**

- Iniciada a apresentação das músicas, as crianças devem **associar os movimentos anteriormente aprendidos ao ritmo musical ouvido, sentando-se toda vez que a música parar ou ficando imobilizado, tal como uma estátua, quando um ritmo ou música específica aparecer.**

ALTERNATIVAS DE USO DESSE JOGO PEDAGÓGICO

- A seleção de músicas pode, por exemplo, parar em meio a um samba e, pouco depois, continuar com o mesmo ritmo, levando os alunos a uma brincadeira, mas com movimentos coordenados e previamente definidos para ritmos diferentes;

- Se desejar, os alunos podem movimentar-se com os braços erguidos, dando ou não pequenos pulos, com as mãos sobre a cabeça e fazendo outros movimentos, sempre combinados previamente e organizados de maneira a buscar coordenação e sintonia em seus múltiplos movimentos.

Nome	A "COISA"
Idade	CRIANÇAS DE 5 ANOS OU MAIS
Recursos	NENHUM
Objetivos	DESENVOLVER E ESTIMULAR A DESTREZA E A AGILIDADE CORPORAL

- O jogo é inspirado na *Dança das Cadeiras*, mas dessa vez, sem propor competitividade. Por essa razão, devem existir mais cadeiras que alunos participantes;

- É importante que antes de o jogo começar, o professor organize uma seleção de trechos musicais em ritmos diferentes: mais ou menos com 30 segundos de uma música agitada, outros 30 segundos com uma valsa, depois uma marchinha ou chorinho e pausas de 10 segundos para a "estátua";
- O jogo deve ser desenvolvido no pátio, em uma quadra ou em qualquer área livre em que os alunos possam correr. Ao começar o jogo, o professor sorteia um aluno que será A COISA e quem tocar nele se tornará também uma COISA, devendo ficar, então, atado ao colega, de mãos dadas;

- Iniciada a atividade, todos os alunos se dispersam esforçando-se para não serem pegos pela COISA. O primeiro que for tocado por esse aluno deverá ficar ao lado dele de mãos dadas e, assim, passam juntos a perseguir os demais;

- O jogo tem início do mesmo jeito que qualquer brincadeira do tipo pega-pega, com um aluno escolhido para ser A COISA **e todos os demais procurando fugir dele**. Após algum tempo, A COISA cresce e dois, depois três, quatro alunos vão formando-a, **tornando-a cada vez maior;**

- Não há nesse jogo alunos vencidos ou vencedores, mas é um desafio interessante assistir vários alunos atrelados uns aos outros, tentando correr de maneira coordenada e cooperativa para pegar os demais.

ALTERNATIVAS DE USO DESSE JOGO PEDAGÓGICO

- O jogo pode começar com dois alunos que formam A COISA;

- Não se esqueça de, após a atividade, reunir os participantes, explicar os objetivos do jogo e solicitar propostas de sugestões para desenvolvê-lo de outras formas.

Nome	**O QUADRADO DA AMIZADE**
Idade	CRIANÇAS DE 5 ANOS OU MAIS
Recursos	NENHUM
Objetivos	DESENVOLVER E ESTIMULAR A DESTREZA E A AGILIDADE CORPORAL

- O professor separa meninos e meninas em dois grupos e forma com cada um deles grupos menores formados por cinco a sete jogadores. A seguir, e auxiliado pelos alunos, risca no chão da sala tantos quadrados quanto for possível, de 70 centímetros a 1 metro de lado;

- Determina a seguir que serão vencedoras as equipes **capazes de colocar o maior número de integrantes dentro do quadrado.** Isso feito, deve-se dar um sinal para iniciar a atividade, cuidando para que os alunos não se machuquem. Será vencedora a equipe que, com criatividade e mobilidade, colocar mais elementos dentro do quadrado.

ALTERNATIVAS DE USO DESSE JOGO PEDAGÓGICO

- Caso o professor perceba que existem alguns alunos maiores que os outros, é importante que eles sejam distribuídos pelas diferentes equipes;

- Depois que os alunos conhecerem melhor a atividade, pode-se estimular sua prática vendando os olhos deles.

Nome	O DADO MÁGICO
Idade	CRIANÇAS DE 5 ANOS OU MAIS
Recursos	APITO PARA O PROFESSOR, UM OU MAIS DADOS, UMA RELAÇÃO DE ATIVIDADES NUMERADAS DE UM A SEIS
Objetivos	DESENVOLVER E ESTIMULAR A DESTREZA E A AGILIDADE CORPORAL

O jogo apresentado a seguir é apenas uma sugestão. Tomando por base essa referência, será possível fazer inúmeras adaptações, estabelecendo sequências de movimentos corporais condizentes com a educação do movimento que estiver sendo desenvolvido na oportunidade.

- O jogo consiste em convidar alunos que joguem o dado e executem o movimento da escala correspondente. Essa atividade pode ser desenvolvida individualmente, com alunos organizados em duplas ou grupos maiores. Se mais dados estiverem disponíveis, jogos múltiplos podem ser desenvolvidos simultaneamente;

- Tudo isso se organiza quando o professor estabelecer uma **legenda de movimentos a serem feitos pelos alunos, que corresponde aos números do dado**. A escala deve ir mudando progressivamente, de maneira que todos os exercícios cubram as funções musculares que se espera desenvolver;

EXEMPLO:

1. Saltar, sem sair do lugar.

2. Tocar com os dedos a ponta dos pés, sem dobrar os joelhos.
3. Fazer polichinelos.
4. Engatinhar.
5. Fazer alongamentos em uma e depois em outra perna.
6. Correr até a trave e voltar.

- Estabelecida a legenda, os alunos jogam o dado e devem cumprir a tarefa durante o espaço de tempo entre dois apitos dados pelo professor. **É evidente que o papel do professor é acompanhar atentamente e corrigir os movimentos executados.**

ALTERNATIVAS DE USO DESSE JOGO PEDAGÓGICO

- Reunidos em duplas, um aluno joga o dado para o outro uma, duas ou mais vezes;

- Se desejar, o professor pode aumentar as atividades elevando a escala até 12 e, nesse caso, usar dois dados. Poderá assim alternar movimentos que visam alongamentos e outros estímulos aos músculos.

Nome	**A GINCANA INCRÍVEL**
Idade	CRIANÇAS DE 5 ANOS OU MAIS
Recursos	NENHUM
Objetivos	DESENVOLVER E ESTIMULAR A DESTREZA E A AGILIDADE CORPORAL

- O professor divide a classe em dois grupos, por exemplo, os PITANGAS e os MARACUJÁS. Cada um dos grupos escolhe um **técnico**, um aluno que ficará à frente e representará o grupo ao lado do professor;

- Separa-se os dois grupos por uma linha desenhada no chão e solicita-se que todos se deitem de bruços no gramado;

- A seguir, sempre por poucos minutos, propõe-se diferentes situações. As relacionadas a seguir representam apenas um exemplo; o essencial é a proposição de atividades diversas e que correspondam a uma verdadeira **educação do movimento**. É importante que os alunos não as percebam senão como uma deliciosa brincadeira, sempre visando maior aprimoramento;

- A tarefa dos **técnicos** será julgar, com a maior imparcialidade possível, a quantidade de falhas ocorridas em cada grupo. Não deverá haver pontuação, individualização da falha observada e nem mesmo grupo vencedor e, dessa forma, o papel do professor e dos técnicos é a busca do aperfeiçoamento, orientando os participantes a corrigirem falhas de postura ou desatenção;

CAMINHADA DE CARANGUEJO – Deitados de costas, os alunos deverão caminhar com as mãos e os pés mantendo o corpo acima do chão.

ROLANDO NO VAI E VEM – Deitados, os alunos rolarão para um lado e depois para outro.

GATO AGITADO – Os alunos deverão andar engatinhando.

MORTO/VIVO – Os alunos alternarão a posição de acordo com o que for dito: VIVO, assumirão a posição de largada para uma corrida.
MORTO, deitarão por inteiro de bruços.

CORRE/SENTA/CORRE DE NOVO – Os alunos começam correndo, depois, ao ouvirem um apito, devem se sentar e depois mantêm-se imóveis, e, com outro apito, voltam a correr.

O SAPO ALEGRE – Os alunos deverão ficar agachados com os joelhos abertos e os braços entre os joelhos, e saltando de um lado para o outro.

COELHO ELÉTRICO – Os alunos deverão pular com os dois pés, mantendo as mãos juntas e encolhidas na frente do peito.

- Terminado o jogo, o professor e os técnicos se reúnem para uma avaliação geral do desempenho e para estabelecerem metas para a próxima atividade, destacando que o objetivo do jogo não é apenas o desenvolvimento dos exercícios de mobilidade propostos, mas a conquista de plena harmonia nos movimentos desenvolvidos.

ALTERNATIVAS DE USO DESSE JOGO PEDAGÓGICO

- A proposta de dividir os alunos em dois grupos é apenas uma das inúmeras formas que o jogo pode assumir. Pode ser um grupo único (ainda que diversos técnicos se postem ao lado do professor) ou é possível formar-se mais grupos, sempre objetivando a harmonia integral;

- O professor pode propor cada uma das situações acima por vez. Assim, na primeira sessão se treinará apenas a postura "Caranguejo", na segunda esta e mais o "Rolando no vai e vem" e assim sucessivamente.

JOGOS PARA COMPREENSÃO E DOMÍNIO DE FUNDAMENTOS NUMÉRICOS

Nome	**O JOGO DO SEGREDO**
Idade	CRIANÇAS QUE SAIBAM LER E ESCREVER
Recursos	PAPEL, CANETA E LÁPIS
Objetivos	DESENVOLVER E ESTIMULAR A DESTREZA E A AGILIDADE CORPORAL

Trabalhar o *Jogo do Segredo* é sempre uma brincadeira interessante, e quando o professor orienta seus alunos a fazê-lo não está propondo somente uma estratégia de ensino desafiadora, mas também, e principalmente, está disfarçando na ludicidade um interessante instrumento de pesquisa, o desenvolvimento da curiosidade e o estímulo a diferentes memórias. Seguem-se uma série de sugestões que poderão ser desenvolvidas individualmente ou, preferencialmente, em grupos:

QUANDO LETRAS VIRAM NÚMEROS

Basta escrever as letras de A a Z em uma folha de papel e abaixo de cada letra escrever um número correspondente, de tal forma que o A seja 1, o B equivalha a 2 e assim por diante.

A palavra FACA, por exemplo, seria expressa por 6 – 1 – 3 – 1.

QUANDO AS VOGAIS (E APENAS ELAS) SE TRANSFORMAM EM NÚMEROS

O A seria 1, o E tornaria-se 2 e assim por diante. Assim, a palavra ESCOLA ficaria 2-S-C-4-L-1.

O SEGREDO DAS LETRAS TROCADAS

A letra que se deseja utilizar seria trocada pela letra seguinte do alfabeto e a última letra, Z, teria o A como símbolo equivalente. LUA, por exemplo, seria MVB.

CÓDIGO DO SEGREDO INVERTIDO

Basta escrever em uma folha de papel as letras do alfabeto e embaixo de cada uma delas o alfabeto invertido. Nesse caso o A=Z e a letra B=Y, por exemplo.

ALTERNATIVAS DE USO DESSE JOGO PEDAGÓGICO

- É essencial que o professor possa sempre sugerir diferentes usos para esses códigos;

- Além das sugestões apresentadas, existem muitas outras possibilidades de códigos secretos que os próprios alunos poderão indicar. É interessante que o professor proponha algo como um concurso sobre "Ideias criativas para o uso dos códigos secretos da classe".

Nome	**O JOGO DO ÔNIBUS**
Idade	CRIANÇAS QUE SAIBAM SOMAR E SUBTRAIR MENTALMENTE
Recursos	NENHUM
Objetivos	EXERCITAR A PRÁTICA DA SOMA E DA SUBTRAÇÃO

O professor propõe aos alunos um desafio, como o ilustrado abaixo:

"Existe no ponto inicial um ônibus com seis passageiros. Ele vai sair desse ponto e parar em outros quatro, nos quais subirão e descerão passageiros e eu direi quantos. Chegando ao quarto ponto, vou escolher alguns alunos que deverão me dizer quantos passageiros ficaram no ônibus.

Vamos lá: no primeiro ponto subiram três e desceram quatro, no segundo ponto subiram três e não desceu nenhum, no terceiro ponto desceram dois e subiram três passageiros e, finalmente, no quarto ponto subiram dois e desceram quatro passageiros. Quantos ficaram no ônibus?"

A tarefa mental de cada aluno seria essa:

6 passageiros iniciais:
1º ponto: 6 + 3 – 4 = 5
2º ponto: 5 + 3 – 0 = 8
3º ponto: 8 – 2 + 3 = 9
4º ponto: 9 + 2 – 4 = 7 **passageiros**

O *Jogo do Ônibus* é um desafio que pode ser aplicado diariamente.

Não dura mais que alguns poucos minutos e permite uma gradativa ampliação de dificuldades que se processa com o professor **falando cada vez mais rapidamente** (e assim agilizando as atividades de cálculo) ou **acrescentando ou diminuindo paradas** (tornando maior ou menor o número de operações suscitadas, conforme a capacidade dos alunos). Além de excelente recurso matemático, o jogo é ainda um instrumento para a fixação da atenção e memória numérica por parte dos alunos.

ALTERNATIVAS DE USO DESSE JOGO PEDAGÓGICO

- O jogo pode ser proposto para atuações individuais, mas os alunos podem também participar em duplas ou em trios. No início da atividade, o professor pode permitir o uso de lápis ou caneta, que podem ser suprimidos à medida que se acelera o processo de operações mentais por parte dos alunos.

Nome	O JOGO DOS DADOS
Idade	CRIANÇAS QUE SAIBAM SOMAR E SUBTRAIR MENTALMENTE
Recursos	DADO COMUM (QUE PODE SER FEITO COM PAPEL-CARTÃO)
Objetivos	EXERCITAR A PRÁTICA DA SOMA E DA SUBTRAÇÃO

- O professor organiza pequenos grupos e fornece a cada um deles um dado;

- Cada aluno do grupo deve jogar o dado uma vez e somar o total obtido;

- O grupo registra esse total e passa o dado à segunda equipe, que procede da mesma maneira. Depois que todos os grupos jogaram o dado e somaram os pontos, tem início uma nova rodada;

- Vence o primeiro grupo que atingir **50 pontos**.

EXEMPLO:

GRUPO AZUL

- Luciana joga o dado e tira 4;
- Paulo tira 5; e
- Simone joga o dado e tira 2.

O GRUPO AZUL TOTALIZOU 11 PONTOS. Então, passa o dado para o grupo **AMARELO** e dá continuidade ao jogo.

A finalidade do jogo é a rapidez na habilidade da soma e, assim, estimular a agilidade individual. Pode-se também fornecer mais dados e, se desejar, estabelecer qualquer outro valor como objetivo final, diminuindo ou prolongando o jogo.

ALTERNATIVAS DE USO DESSE JOGO PEDAGÓGICO

- O professor pode sugerir que uma dupla de alunos jogue os dados, ou ele mesmo o faz uma ou mais vezes, mas a tarefa de somar os pontos deve ser de cada equipe;

- Para alunos mais adiantados é possível desenvolver o jogo com outras operações. Por exemplo: o primeiro se soma aos pontos do segundo, desse total se diminui os pontos obtidos na jogada e esse total é multiplicado pelos pontos conquistados na rodada seguinte.

Nome	**O JOGO DOS CLIPES**
Idade	CRIANÇAS QUE SAIBAM SOMAR E SUBTRAIR MENTALMENTE
Recursos	CLIPES PLÁSTICOS DE VÁRIAS CORES
Objetivos	EXERCITAR A PRÁTICA DA SOMA E DA SUBTRAÇÃO

Muito mais que "saber fazer contas", o ensino da Matemática nas séries iniciais visa desenvolver significações para conceitos como **muito, pouco, alguns, nenhum**. Explicações teóricas sobre esse tema, mesmo se reproduzidas na lousa e escritas no caderno, ganham maior objetividade quando o aluno pode manusear elementos quantitativos e, dessa forma, **materializar** experiências com quantidades, grandezas, proporções, somas, multiplicações e outras operações. Pelo baixo custo e duração praticamente infinita, caixas de clipes plásticos coloridos podem se transformar em jogos operatórios animados, interessantes e, sobretudo, muito significativos.

EXEMPLO:

- A classe é dividida em grupos e cada grupo recebe uma quantidade definida de clipes de uma cor;
- O professor sugere que com eles, a equipe monte uma equação (20 clipes, menos 8, dividido por 2 será igual a quanto?);
- Os grupos trocam de carteiras e cada um tenta resolver as equações montadas pelos grupos originais.

ALTERNATIVAS DE USO DESSE JOGO PEDAGÓGICO

- Os alunos devem dispor dos clipes na mesa ou no chão em quantidades suficientes para montar as operações. Se, por exemplo, o professor demonstrar que 4 x 2 = 8, cabe aos alunos a tarefa de quantificar esses resultados usando os clipes;
- Os clipes, além da quantidade, podem fornecer material para que os alunos construam e operem figuras geométricas. Com esse material podem fazer quadrados, retângulos, círculos e outras formas, montando-os segundo a orientação do professor.

Nome	**O JOGO DAS CONTAS ANIMADAS**
Idade	CRIANÇAS QUE SAIBAM OPERAÇÕES ARITMÉTICAS BÁSICAS
Recursos	PAPÉIS (3 cm x 3 cm) EM QUE ESTEJAM ESCRITOS NÚMEROS DE 0 A 9 E OS SINAIS DE SOMA, DIVISÃO, MULTIPLICAÇÃO E SUBTRAÇÃO, ALÉM DE ENVELOPE PARA GUARDAR OS CARTÕES
Objetivos	EXERCITAR A PRÁTICA DE OPERAÇÕES

- Os alunos são organizados em grupos que ocupam lugares um pouco distantes um do outro. O professor entrega para cada grupo um envelope, avisando-os que poderão abri-lo somente após um sinal;

- Em cada envelope existem pequenos pedaços de papel-cartão com números, sinais de operações aritméticas e, dependendo do nível de preparação dos alunos, até mesmo números negativos (– 2, por exemplo), sinal de raiz quadrada e outros símbolos algébricos;

- Iniciado o jogo, o professor solicita que cada grupo abra seu envelope, retire os papéis e, **buscando fazer uso da maior parte possível deles**, chegue a uma operação proposta e registrada na lousa.

EXEMPLO:

- Ao abrir seu envelope, o grupo verde encontrou **diversos números e signos matemáticos e deve usá-los para chegar ao resultado 50, colocado pelo professor na lousa;**

- Os alunos podem combinar os números encontrados da seguinte forma:

$$20 + 5 - 10 + 5 - 6 + 4 + 30 + 2 = 50$$

- Após o jogo, o professor deve recolher os cartões e guardá-los no envelope para usar em outras atividades;

- Toda atividade em grupo pode facilitar para alguns alunos a compreensão das operações realizadas por seus colegas. Por essa razão, é interessante que todos os alunos integrantes dos grupos possam participar das operações realizadas e isso pode ser aferido pelo professor **sorteando um elemento de cada grupo para explicar as operações realizadas coletivamente.**

ALTERNATIVAS DE USO DESSE JOGO PEDAGÓGICO

- Os envelopes com números e sinais podem ser usados em múltiplas situações, até porque os grupos **devem usar o maior número possível de cartões, mas podem não fazer uso de todos e, dessa forma, desprezar números ou signos que ainda não sabem usar ou não dominam.**

JOGOS PARA COMPREENSÃO E DOMÍNIO DE FUNDAMENTOS DE ESPAÇO E DE TEMPO

Nome	MEU LIVRO DE MEMÓRIAS
Idade	CRIANÇAS DE 5 ANOS OU MAIS
Recursos	PAPEL, CANETA, BORRACHA, FOTOS E CÓPIAS DE DOCUMENTOS
Objetivos	CONVERTER OS ALUNOS EM PERSONAGENS DA HISTÓRIA

A História que se aprende na escola é o aspecto mais amplo da história pessoal e é sempre constituída das lembranças.

Uma criança começa a aprender a História quando se habitua a registrar suas lembranças, mesmo as que parecem de pequena importância. Os fatos da vida, doces ou amargos, alegres ou tristes, quando devidamente registrados, representam um mergulho no presente que amanhã já será passado.

É por essa razão que desde que aprende a escrever é importante que cada aluno tenha como uma lição, que sempre se renova, escrever um diário **relatando suas lembranças** e, sempre que possível, agregar-lhe uma foto, um desenho ou uma ilustração. Quando todos os alunos aprendem a preservar suas lembranças e elas, de tempos em tempos, são lidas em voz alta na sala de aula, começam a descobrir em si o registro do ontem e, por meio deste, uma ampla compreensão da História.

A história da escola, do lugar, do município... Como uma lembrança sempre atrai outra, do relato pessoal é possível chegar ao livro de **memórias da classe**, quando se faz um trabalho coletivo, no qual pode-se acrescentar **entrevistas com pessoas**, bate-papo com ex-alunos e, assim, fazer com que esse livro de registro nunca tenha data para ficar definitivamente pronto.

ALTERNATIVAS DE USO DESSE JOGO PEDAGÓGICO

- Além da atividade pessoal, o professor pode ajudar os alunos a construírem um roteiro simples de entrevistas com antigos moradores do local e, quando possível, uma consulta a registros do passado em bibliotecas, redação de jornais, etc.

Nome	**MINHA HISTÓRIA NA HISTÓRIA**
Idade	CRIANÇAS DE 7 ANOS OU MAIS
Recursos	PAPEL, CANETA, BORRACHA, FOTOS E CÓPIAS DE DOCUMENTOS
Objetivos	ESTIMULAR A CRIATIVIDADE E A IMAGINAÇÃO, CONTEXTUALIZANDO-A A UM PERÍODO HISTÓRICO

Todo aluno gosta de contar e de ouvir histórias e gosta mais ainda quando se torna o personagem principal dela. Valendo-se desse interesse, o professor pode **solicitar a cada criança que invente sua participação em uma história, mas situada em outros tempos, em uma época histórica que analisou ou que pretende analisar.**

EXEMPLO:

- MICHELE vai contar sua história de quando viajou em uma das caravelas de CRISTÓVÃO COLOMBO;

- HENRIQUE vai inventar a história de sua participação na CONSTRUÇÃO DAS PIRÂMIDES DO ANTIGO EGITO;

- LETÍCIA vai comentar seus apuros quando a FAMÍLIA REAL CHEGOU AO BRASIL.

É evidente que não basta propor o desafio e registrar o evento histórico, é necessário **ajudar o aluno a buscar fontes de pesquisa confiáveis referentes a essa época.** Nesse sentido, os trajes, a alimentação, os recursos materiais e outros elementos da história devem estar plenamente contextualizados ao período que se retrata, uma vez que a finalidade essencial do jogo é **envolver plenamente os alunos em outros tempos**, estimulando suas pesquisas.

É importante que o professor nunca se omita ao corrigir eventuais desvios históricos. Uma narrativa atraente e interessante somente terá valor se o contexto de ÉPOCA que a história envolve mostrar linhas de correção.

ALTERNATIVAS DE USO DESSE JOGO PEDAGÓGICO

- O jogo pode suscitar a participação do aluno, mas pode também ser uma tarefa em grupo e, dessa forma, serão alguns alunos que deverão criar a situação que será relatada;

- Os melhores trabalhos podem gerar um **álbum** em que não apenas descrevem suas "aventuras" em outra época, como também ilustram com desenhos, recortes e gravuras o período analisado.

Nome	UM PERSONAGEM ESCONDIDO
Idade	CRIANÇAS DE 6 ANOS OU MAIS
Recursos	PAPEL, CANETA E ALFINETE DE SEGURANÇA
Objetivos	ESTIMULAR A PESQUISA E A IMAGINAÇÃO, FAMILIARIZANDO A CRIANÇA COM FATOS E EVENTOS HISTÓRICOS

Nomes e datas não devem ser utilizados em aulas como recursos de memorização mecânica. Nada sabe de História ou de Geografia, por exemplo, um aluno que mecanicamente pronuncia uma sentença, sem contextualizar esse fato a uma significação ou ao momento que vive.

Mas, ainda assim, é importante que todos os alunos se sintam familiarizados com determinados personagens e conheçam a representatividade de certas datas na História mundial ou de seu país. E, para esta familiaridade, o jogo *Um Personagem Escondido* é extremamente útil.

- Os alunos, organizados em grupos, devem **consultar livros e apontamentos e selecionar o nome de um personagem ou de uma data expressiva no tema que exploram;**

- Escolhido o nome ou a data, devem escrevê-la com letras grandes em uma folha de papel e prendê-la com alfinete nas costas de um dos elementos do seu grupo. Quando todas as equipes tiverem concluído sua tarefa, os representantes dos grupos que tenham papel preso nas costas deverão vir à frente, sem permitir que se veja o nome ou a data que foi escrita;

- A tarefa dos grupos será a de identificar qual data ou personagem escolhido se encontra à frente e, para tanto, deve fazer perguntas ao grupo que as responderá apenas dizendo SIM ou NÃO.

EXEMPLO:

Paulinha, aluna do grupo azul, tem nas suas costas o ano **1808**. Os demais grupos a interrogarão.

AMARELO: – É um nome de personagem?
AZUL: – Não.
VERDE: – É data de uma batalha?
AZUL: – Não.
BRANCO: – É data de um acontecimento?
AZUL: – Sim.
VERMELHO: – A data é 1808, CHEGADA DA FAMÍLIA REAL PORTUGUESA AO BRASIL?
AZUL: – Ponto para o grupo vermelho.

O aluno do grupo azul tira o papel e mostra a data e agora é a vez de tentar descobrir o que tem às costas o aluno do grupo vermelho.

ALTERNATIVAS DE USO DESSE JOGO PEDAGÓGICO

- O professor, se preferir, pode estabelecer como regra do jogo apenas datas, personagens ou outra referência significativa que acreditar conveniente. Se desejar, pode escrever na lousa o nome ou a data, cobrir com uma folha de papel e fita adesiva essa informação antes da entrada dos alunos, e lançar o desafio apenas tirando a folha quando os grupos ou algum aluno descobrir o que está oculto atrás dessa folha de papel.

Nome	VAMOS MELHORAR A TERRA?
Idade	CRIANÇAS DE 6 ANOS OU MAIS
Recursos	PAPEL, CANETA E ALFINETE DE SEGURANÇA
Objetivos	AJUDAR OS ALUNOS A SE ENVOLVEREM EM AÇÕES E PENSAMENTOS PARA A CONSTRUÇÃO DE UM MUNDO MELHOR

- O professor pode colocar os alunos em círculo (na sala de aula ou no pátio) e propor que juntos o ajudem a relacionar o que gostariam de fazer para tornar a Terra melhor do que é. A lista começa pelo professor e poderá incluir itens como:

* **ACABAR COM AS GUERRAS;**
* **ACABAR COM A POBREZA;**
* **ACABAR COM A VIOLÊNCIA NAS CIDADES; ou**
* **DIMINUIR A POLUIÇÃO DOS RIOS E LAGOS.**

- Após as sugestões iniciais, ouvir ideias, opiniões e sentimentos para que a Terra se torne um lugar melhor do que é. O importante nesse jogo não é chegar a uma relação com maior ou menor número de itens, mas envolver os alunos em **pensamentos e propostas de ações que possam ajudar a alcançar esses objetivos;**

- Se, por exemplo, na listagem apareceu "Limpar nossas ruas (ou praias)" é importante que os alunos se conscientizem de que cabe a eles também o papel importante na concretização desse objetivo. No início, é indispensável que o professor possa dar exemplos sobre essas ações, mas, após algum tempo, é essencial deixá-los expressar seus desejos, assumindo-os como um projeto da classe.

ALTERNATIVAS DE USO DESSE JOGO PEDAGÓGICO

- Estimular os alunos a escreverem uma carta às autoridades municipais e estaduais, relacionando esses itens e indagando em que sentido essas autoridades estão contribuindo para o alcance dos objetivos relacionados.

Nome	**UMA GOSTOSA GEOGRAFIA**
Idade	CRIANÇAS DE 6 ANOS OU MAIS
Recursos	PAPEL, CANETA E ALFINETE DE SEGURANÇA
Objetivos	FACILITAR A PESQUISA, COMPREENSÃO, ARGUMENTAÇÃO E FIXAÇÃO DE CONCEITOS GEOGRÁFICOS

- O professor, ao iniciar o jogo, deve escolher uma **ordem de temas necessários** (por exemplo: países, capitais, acidentes geográficos, rochas, formações vegetais, etc.), e depois agrupar os alunos da classe em duplas ou trios. Para agilizar a atividade, é interessante que cada dupla ou grupo escolha para si um nome (ou um número);

- Iniciado o jogo, um aluno representante de uma dupla ou de um grupo começa dizendo um nome de um Estado brasileiro, que poderia ser, por exemplo, Amapá;

- Os demais grupos dispõem de um determinado tempo (10 a 30 segundos) para debaterem, eventualmente, sendo permitido consultar apontamentos ou livro didático. Após esse tempo para pesquisa, o professor escolhe uma dupla ou grupo. Por exemplo: DUPLA VERMELHA. A dupla escolhida deverá, com a última letra do conceito proposto (no exemplo acima, a letra **A**) dizer o nome de outro Estado com a mesma letra. A dupla seguinte, então, poderia optar por Acre.É importante que durante todo o jogo, o professor atue como um **árbitro**, aprovando ou impugnando a palavra, caso comece com a letra com que terminou a anterior, **mas não tenha significado no contexto discutido;**

- Caso consiga, a dupla ou grupo recebe 10 pontos e, caso não consiga, a oportunidade passa para outra dupla até que as possibilidades se esgotem e, nesse caso, os 10 pontos ficam para a equipe que iniciou o desafio. É importante que o professor destaque que o **jogo possui um caráter pedagógico**, mas também lúdico e, assim, os pontos ganhos não expressam necessariamente um valor transformado em nota, mas apenas um destaque que poderá, por exemplo, transformar-se em um diploma simbólico para o grupo vencedor;

- O essencial é fazer uso do jogo como instrumento de pesquisa (usando atlas, apontamentos, livros didáticos, etc.) e de posterior fixação dos conceitos trabalhados. Por essa razão, antes da aula terminar é essencial que o professor relacione na lousa todos os conceitos trazidos em discussão para uma análise e construção de significações.

ALTERNATIVAS DE USO DESSE JOGO PEDAGÓGICO

- O professor pode informar o tema que será desenvolvido antes do dia marcado para o jogo, possibilitando aos alunos que o preparem previamente. Caso prefira, todos os desafios podem ser propostos unicamente pelo professor, cabendo às duplas ou grupos tentarem descobrir as respostas.

COMPREENSÃO E DOMÍNIO DE CONCEITOS RELATIVOS A CIÊNCIAS

O conhecimento científico é imprescindível ferramenta para que se conheça o mundo que nos envolve. É importante aprender um **método científico** (procedimentos organizados que conduzem a um resultado) para fazer com que o aluno chegue à "verdade" das coisas, não por intuição ou dogma, mas pela lógica dos pensamentos, valor das descobertas científicas e pela verdade dos fatos.

Mais ainda, o ensino de Ciências de servir para que a criança perceba **que o saber científico é um só** e, dessa forma, as pessoas e as coisas que compõem nosso mundo constituem um "todo único e integrado". Para ser melhor compreendido, esse saber pode ser dividido em físico, químico, biológico, humanístico e muitos outros, mas a finalidade essencial é o domínio do conhecimento científico e sua integração é fundamento da verdade sobre o ser humano e a natureza que o acolhe.

E é esse um ponto que em toda a oportunidade necessita ser ressaltado pelo professor. A maior parte dos alunos chega à escola com superstições, crenças e preconceitos muitas vezes herdados da cultura popular ou conquistados de leituras e programas que assistem e que não se apoiam a qualquer fundamento de verdade científica. "Cruzar com um gato preto dá azar", "Basta colocar um ovo no telhado que para de chover", "Teia de aranha em um ferimento evita infecções" e um sem-número de outras inverdades que frequentemente repetidas, assumem para a criança feições verdadeiras. Nessa situação, o papel do professor e o ensino de Ciências são imprescindíveis, uma vez que, distanciando-se de crendices e de preconceitos, a ciência se coloca ao lado do aluno para que saiba diferenciar a ignorância da ideia de "verdade" e o **conhecimento científico**, escorado em **cinco princípios** necessariamente presentes em toda ação pedagógica. Esses princípios são:

1. Ser **Verdadeiro**, isto é, possuir lastro de idoneidade, de correção científica comprovada ou ser uma hipótese aceitável.

2. Ser **Crítico**, isto é, distanciar-se do conformismo e do imediatismo e apresentar-se de forma desafiadora.
3. Ser **Significativo**, isto é, que possa permitir a todo aluno uma contextualização à realidade de seu corpo, suas emoções e seu entorno e que possa ser aplicado e transferido para outras situações.
4. Ser **Globalizante**, isto é, não ser restrito a limites provincianos e assim estender-se a toda biosfera, incorporando ao aluno uma visão de mundo que o transforme em pessoa de seu tempo e que perceba outros lugares tendo como referência o seu lugar.
5. Ser **Sistêmico**, isto é, distanciar-se de uma visão unilateral, prisioneira de limites pontuais e estreitos e, assim, mostrar-se como uma vontade de ver o todo nas partes, o integral no parcial.

Não é nada fácil em sala de aula desfazer essas crendices e restaurar a plenitude da confiança do aluno na ciência. Não é nada fácil, mas é imprescindível que assim seja feito. **As crianças e os adolescentes não assistem às aulas para se tornarem cientistas, mas para aprenderem a pensar, refletir e para confiar em provas autênticas, em postulados científicos corretos e, por tudo isso, os jogos ajudam bastante, levando o aluno pelos caminhos da brincadeira a descobrir pistas, inventariar hipóteses, experimentar teorias e, dessa forma, assumir seu papel social.**

Por que as plantas necessitam de água para sobreviver? Por que lugares altos e, portanto, mais próximos ao Sol são mais frios que lugares ao nível do mar? Por que a água borbulha quando ferve? Por que ficamos doentes? Por que alguns vegetais são comestíveis e outros não? Por que é necessário lavar as mãos antes das refeições? Por que ficamos ofegantes quando corremos? Por que os seres vivos morrem e as rochas não? Por que não devemos poluir o ar?... Essas são algumas das muitas dúvidas que emergem na sagacidade e na curiosidade de todas as pessoas e que a ciência ajuda a responder. Não se trata de fazer da aula um ato de exposição mecânica que ocasiona a memorização, mas um momento de desafios que leva a criança a perguntar, leva-a também na busca e descoberta dos caminhos para responder. Ensinar Ciências também é ensinar a viver e a respeitar os seres vivos.

Nome	**O JOGO DO DOBRO OU NADA**
Idade	CRIANÇAS DE 6 ANOS OU MAIS
Recursos	PAPEL E CANETA
Objetivos	FACILITAR A PESQUISA, COMPREENSÃO, ARGUMENTAÇÃO E FIXAÇÃO DE CONCEITOS LIGADOS À CIÊNCIA

- O jogo precisa ter os alunos organizados em equipes. Antes do dia do jogo, o professor esclarece dúvidas e define o tema, ou os temas, que serão explorados. No dia marcado, faz-se um sorteio do nome de um aluno por equipe, solicitando que, representando-a, vá sentar onde estão os alunos de outra equipe. Assim, cada equipe passa a contar com um aluno "estranho";

- O professor apresenta aos alunos que representam suas equipes uma questão previamente preparada e que possa ser expressa de forma objetiva. Pode ser a descrição de um conceito, nomes, questões falso/verdadeiro ou de múltipla escolha. Respondida a questão por escrito, o aluno volta à sua equipe e comenta com seus colegas, em voz baixa, a resposta que apresentou. Diante disso, a equipe informa ao professor se a resposta do representante deverá valer o dobro, pois acredita que foi correta ou se não deve valer nada, pois supõe que foi uma resposta errada. Após o primeiro, um segundo aluno é indicado, e assim sucessivamente;

- Ao final, o professor informa a equipe vencedora. Não existe a necessidade de que esses pontos sejam transformados em notas. O sentido é de buscar-se uma vitória e os elogios do professor para quem a conquista;

ALTERNATIVAS DE USO DESSE JOGO PEDAGÓGICO

- Embora apresentada para Ciências, esse jogo pode ser também utilizado para outros conteúdos curriculares. O professor pode também organizar o jogo do *Dobro ou Nada* com questões que envolvem diferentes disciplinas, promovendo, dessa forma, uma interessante atividade interdisciplinar.

Nome	**UMA FRASE ABSOLUTAMENTE CERTA**
Idade	CRIANÇAS DE 6 ANOS OU MAIS
Recursos	PAPEL E CANETA
Objetivos	REFLETIR E AVALIAR A CORREÇÃO SOBRE DETERMINADO PENSAMENTO CIENTÍFICO

- Para este jogo, o professor deverá selecionar uma série de afirmações corretas sobre o tema que está sendo estudado. Essas afirmações devem expressar verdades científicas e podem ou não ser extraídas de enciclopédias, livros ou apostilas didáticas. De posse de um conjunto de afirmações dessa natureza, o professor deve, com cuidado, mudar uma palavra na afirmação, mas, ao **mudar essa palavra, alterar a correção da afirmação;**

EXEMPLO:

O HOMEM É UM ANIMAL BÍPEDE E QUE SE ALIMENTA DE FRUTAS, VERDURAS E CARNES, SEJA QUAL FOR SEU GRAU DE CULTURA.

O professor altera a sentença, deixando-a assim:

NEM TODO HOMEM É ANIMAL, QUE SE ALIMENTA DE FRUTAS, VERDURAS E CARNES, SEJA QUAL FOR SEU GRAU DE CULTURA.

- Com essas mudanças, todo sentido da sentença se desfez e somente os alunos que compreendem a significação do conteúdo percebem claramente a inversão da sentença. Por esse motivo que, dispondo de diversas sentenças alteradas, é possível grande variação de situações para que os alunos se empenhem em descobrir a frase certa.

ALTERNATIVAS DE USO DESSE JOGO PEDAGÓGICO

- O jogo pode ser individual, em duplas ou em equipes e é possível que as alterações na sentença sejam feitas por uma equipe que a propõe à outra, da qual também recebe uma sentença alterada. Embora proposto como um desafio para o estudo de Ciências, o jogo se presta para análise de conteúdos de qualquer outra disciplina do currículo ou ainda atividades extracurriculares.

Nome	**COPA DO MUNDO EM SALA DE AULA**
Idade	CRIANÇAS DE 6 ANOS OU MAIS
Recursos	PAPEL E CANETA
Objetivos	FACILITAR A PESQUISA, COMPREENSÃO, ARGUMENTAÇÃO E FIXAÇÃO DE CONCEITOS LIGADOS À CIÊNCIA

A Copa do Mundo de Ciências (atividade que também pode ser desenvolvida em outras disciplinas) começa com o professor:

- dividindo a classe em grupos de três a quatro alunos;
- determinando os conteúdos curriculares a serem estudados pelos alunos;
- estabelecendo um determinado número de questões sobre esse conteúdo para cada equipe. Essas questões devem ser de múltipla escolha ou questões verdadeiras ou falsas;

- solicitando que essas questões, depois de respondidas, sejam entregues pelo menos uma semana antes da aula marcada para a realização do jogo.

As questões recebidas dos diferentes grupos serão analisadas pelo professor, que poderá aferir se realmente estão bem-elaboradas, isto é, se são questões abrangentes, reflexivas e desafiadoras e se estão redigidas de forma clara. Em caso negativo, a equipe terá oportunidade de refazer uma ou mais questões. No dia marcado para o jogo, **o professor sorteia duplas com um aluno de uma equipe colocado ao lado de outro, de outra equipe**. Se o número de alunos em sala for ímpar, os três últimos sorteados – de equipes diferentes – formarão um trio.

A seguir, o professor **apresenta uma das questões selecionadas para que todos os alunos respondam, sendo que seu acerto será aferido em relação ao colega ao lado do qual está jogando**. Dessa forma, em cada dupla poderá haver um empate ou a vitória de um dos oponentes. Novas questões são escolhidas aleatoriamente entre as recebidas. Ao final da aula, será contabilizada a **quantidade de questões certas respondidas pelas equipes** (somando-se todos os acertos individuais) e **será vencedora a equipe que mais questões acertar.**

ALTERNATIVAS DE USO DESSE JOGO PEDAGÓGICO

- A *Copa do Mundo em Sala de Aula* pode ter várias rodadas e, depois da primeira partida, o professor pode sortear novas duplas e aproveitar as questões disponíveis e que selecionou previamente. O jogo pode ser sobre um ou mais temas e ser utilizado como recurso de uma revisão da matéria ensinada ao final de toda semana.

Nome	OLIMPÍADAS DE CIÊNCIAS
Idade	CRIANÇAS DE 7 ANOS OU MAIS
Recursos	PAPEL E CANETA
Objetivos	FACILITAR A COMPREENSÃO DE CONHECIMENTOS CIENTÍFICOS

As *Olimpíadas de Ciências* são muito semelhantes e possuem objetivos praticamente idênticos ao jogo da *Copa do Mundo em Sala de Aula*. A única diferença é que na Copa do Mundo cada aluno participa individualmente, embora contabilizando seus pontos para toda a equipe, e **nas Olimpíadas de Ciências as disputas são entre equipes. O professor, após um sorteio, organiza uma tabela contendo as disputas entre as equipes, de tal forma que todos os grupos joguem o mesmo número de partidas e assim se possa contabilizar a pontuação de todos.**

ALTERNATIVAS DE USO DESSE JOGO PEDAGÓGICO

- Se desejar, o professor pode usar para as Olimpíadas as questões já existentes no livro ou textos didáticos utilizados pelo aluno, dispensando-o de seu preparo;

- Os temas usados nesse jogo podem ser extraídos de conteúdos assistidos em um vídeo ou mesmo considerados de uma excursão feita pela classe.

Nome	ENSINANDO OS ALUNOS A "VER" CIÊNCIAS
Idade	CRIANÇAS DE 6 ANOS OU MAIS
Recursos	PAPEL E CANETA
Objetivos	AJUDAR OS ALUNOS A ADQUIRIREM UMA CAPACIDADE DE "VER" E NÃO APENAS OLHAR

A capacidade sensorial de toda criança é educável e, portanto, é importante que aprendam a "ver", que é muito mais que olhar, que aprendam a "escutar" que é bem mais que ouvir, que aprendam a "falar", pois é muito mais que dizer. As capacidades sensoriais, portanto, são educáveis e ainda que este livro não se dedique a esse tema, é importante destacar que todo professor **autenticamente encantado com o que aprende, faz ou vê** não apenas empolga e desperta a admiração de seus alunos como, principalmente, estimula progressivamente sua capacidade de **se encantar**. Mas, para que exista oportunidade de demonstrar seu encantamento e, mais ainda, de estimular a sensibilidade dessa emoção em seus alunos, é essencial que um professor disponha de **recursos** e nada é mais significativo para essa ação pedagógica que a natureza que caracteriza o entorno escolar.

Por isso é que todo professor deve **programar com seus alunos visitas a um bosque, um riacho, uma praia, uma mata fechada, um barranco onde é possível observar solos e rochas, um jardim, uma encosta** e uma infinidade de outros espaços naturais, mostrando o **encantamento que a natureza provoca e explicando que nenhum texto didático é tão significativo quanto a observação com finalidade.**

Entre os muitos espaços que esse jogo operatório permite, dois em especial constituem-se de extraordinária riqueza pelas diversidades que propõem: o **litoral**, e um **rio** ou **riacho**.

Neste último, mais comum a todos, os alunos podem, por exemplo, observar e aprender:

- Como saber se a margem é direita ou esquerda;
- A ação erosiva, o solapamento das margens e o assoreamento;
- O fluxo da corrente e a alternância da topografia (relevo);
- O volume de água e sua alteração de acordo com a época do ano;
- A umidade do solo nas margens e a diversidade vegetal;

- A vida animal nas águas e em sua proximidade;
- O cuidado ambiental e os problemas da ocupação do espaço pelo homem;
- A utilização (ou não) do rio pelos moradores e ainda uma infinidade de conceitos presentes em textos escolares e tão poucas vezes "materializados" pelo professor.

Após cada excursão, passeio ou visita, é essencial que o professor organize um debate entre os alunos, ouça-os e apresente desafios interrogando-os sobre o relato do que viram e o que puderam aprender. É ainda muito importante que possam organizar individualmente um relatório sobre a atividade, sempre que possível ilustrando-o com fotos ou com materiais colhidos no ambiente, como folhas, fragmentos de rochas, conchas ou amostras de solo.

ALTERNATIVAS DE USO DESSE JOGO PEDAGÓGICO

- Embora o ensino de Ciências, da História, da Geografia e da Língua Portuguesa (para o indispensável relatório que se cobrará aos alunos) apresente objetivos distintos, uma excursão pode ser excelente exercício interdisciplinar. O desenho é um sólido recurso de aprendizagem e uma oportunidade para que os alunos integrem suas linguagens verbais, gráficas e pictóricas.

JOGOS PARA EXERCÍCIO DE HABILIDADES ARTÍSTICAS

A manifestação artística é tão antiga quanto a própria humanidade e foi por meio dela que despertou no homem de antigamente a consciência de sua capacidade criadora, da possibilidade de interpretar a natureza e de representar o que descobria e o que imaginava. Graças à arte, o homem compreendeu-se.

Na aurora dos tempos em pontos geográficos distantes, viviam comunidades que raramente se comunicavam entre si, mas em todas elas surgia sempre a manifestação artística e, dessa forma, diferente das descobertas científicas, a arte jamais se constitui em privilégio de um povo, conquista específica de uma civilização, momento expressivo de apenas uma época. A arte é universal, é eterna e, mesmo quando o homem desaparecer, se um dia desaparecer, sua arte sobreviverá.

Mas, se a beleza da arte e o impulso humano em criá-la não tiveram limites, o acesso a seu conhecimento e à apreciação e encantamento não pode prescindir de uma atuação preparada e apaixonada de um professor ou de uma professora. Ensinar arte é tão importante quanto levar um aluno a saber o que significa ser humano. É por essa razão que aulas de Artes não podem ser apenas descritivas ou apenas apelar para uma criatividade sem base ou uma liberdade sem critérios.

Nesses momentos, o importante não é memorizar quais artistas fizeram "o que", "quando" e "onde", mas ajudar o aluno a "ver e descobrir" a arte, "senti-la e escutá-la" e, sobretudo, fazer com que desperte em si mesmo esses sentimentos, libertando-o para a ousadia de sua apresentação e autocrítica. Os jogos operatórios propostos não visam expor a arte, mas ajudar os alunos a melhor compreendê-la.

Nome	**DESCOBRINDO NOVAS LINGUAGENS ARTÍSTICAS**
Idade	CRIANÇAS DE 6 ANOS OU MAIS
Recursos	FIGURAS, DESENHOS E FOTOS EXTRAÍDOS DE JORNAIS E REVISTAS
Objetivos	AJUDAR OS ALUNOS A DESCOBRIREM QUE EXISTEM DIFERENTES "LINGUAGENS" PARA A COMUNICAÇÃO ENTRE PESSOAS

- Reunir os alunos em grupos de três a cinco componentes, passar a todos os grupos uma mensagem, que pode ser transmitida por meio de uma pequena história, uma poesia, um pensamento ou, quando possível, da apresentação de um filme ou desenho. Desenvolver uma cuidadosa análise crítica contida nessa mensagem, mostrando aos alunos diferentes formas de interpretá-la;

- Solicitar aos alunos que troquem ideias sobre o tema, adequando-o ao seu nível vocabular;
- Após essa etapa, solicitar aos grupos que apresentem a mensagem usando diferentes linguagens. Por exemplo:

* O grupo azul apresenta a mensagem por meio de uma colagem;
* O grupo vermelho escreve um texto ou uma trova buscando o esforço da rima;
* O grupo cinza prepara um desenho;
* O grupo amarelo se utiliza dos versos de uma música popular e cria uma paródia;
* O grupo lilás busca transmitir a mensagem valendo-se de mímicas

ALTERNATIVAS DE USO DESSE JOGO PEDAGÓGICO

- A preocupação do professor com esse jogo não deve ser apenas artística, mas a de construir a noção entre os alunos de que a arte se manifesta por meio de linguagens diferentes. Portanto, não deve se preocupar apenas com a qualidade do trabalho, mas também com a capacidade dos alunos em buscarem linguagens alternativas para uma mensagem comum. O mesmo jogo pode ser feito a partir de uma fotografia, solicitando-se aos grupos uma releitura, desenhando-a não com a preocupação exclusiva de uma cópia, mas da diversidade de interpretações que ela pode provocar.

Nome	**FESTA ARTÍSTICA**
Idade	CRIANÇAS DE 5 ANOS OU MAIS
Recursos	TUDO QUANTO NECESSÁRIO PARA UMA APRESENTAÇÃO COM DIFERENTES MANIFESTAÇÕES ARTÍSTICAS
Objetivos	TRABALHAR A TIMIDEZ, MOSTRAR TALENTOS, DIVERSIFICAR APRESENTAÇÃO DE LINGUAGENS ARTÍSTICAS

Festa Artística é uma atividade simples e que pode ser proporcionada na sala de aula, uma ou mais vezes por mês. Representa um espaço de tempo oferecido aos alunos para que possam desabrochar suas aptidões artísticas, apresentando ao professor e aos colegas diferentes talentos valendo-se de linguagens diversificadas. Os objetivos mais importantes desse jogo, que pode ser individual, em dupla ou em grupos, são a socialização dos alunos e o respeito crítico que desenvolverão, ao serem orientados pelo professor em aplaudir não apenas o talento, como também o esforço, não apenas a originalidade, mas o empenho em participar.

O jogo proporciona às crianças a oportunidade de mostrar se sabem tocar um instrumento, se são capazes de sapatear, se possuem habilidade de se equilibrar, se sabem recitar poesias, interpretar monólogos, criar com um colega um diálogo de uma cena extraída de um livro ou de uma revista, narrar histórias, assobiar, propor adivinhações, exibir seus desenhos ou pinturas ou que mais a criatividade puder sugerir. O essencial nesse jogo é que cada aluno se apresente de alguma forma, depois de ter sido orientado individualmente pelo professor, e que todos devem ser preparados para apreciarem o que se assiste.

ALTERNATIVAS DE USO DESSE JOGO PEDAGÓGICO

- Uma campanha de coleta na comunidade pode disponibilizar uma série de artefatos que ninguém dá valor e que são importantes para o vestuário ou cenário para essas apresentações. Se desejar, o professor poderá atribuir compromissos didáticos a essas apresentações, sugerindo interpretações de trechos de poesias, leitura de textos literários, diálogos entre personagens históricos ou ainda concursos de trovas, desenhos e pinturas temáticas.

Nome	**TEATRINHO COM BONECOS**
Idade	CRIANÇAS DE 5 ANOS OU MAIS
Recursos	MEIAS, ELÁSTICO, ALGODÃO, RETALHOS DIVERSOS, TINTA, LINHA, BARBANTE, CARRETÉIS DE LINHA VAZIOS, PAPEL-CREPOM E PAPELÃO.
Objetivos	TRABALHAR A TIMIDEZ, MOSTRAR TALENTOS, DIVERSIFICAR APRESENTAÇÃO DE LINGUAGENS ARTÍSTICAS

Mais importante e criativo que se valer de bonecas e bonecos que os alunos possam vir a ter, será fazê-los na escola com meias e carretéis de linha vazios, sempre com extrema simplicidade, pois quanto menos elaborados, maior o esforço imaginário que suscitam.

Em algumas situações, uma simples toalha ou uma flanela, dependendo da forma como são seguros, despertam a sensação de que são bonecos. O importante é que esses bonecos tenham pernas e braços móveis para que os alunos possam manuseá-los, como marionetes, e que o professor selecione textos com diversos personagens das histórias clássicas da literatura mundial, das fábulas com animais e de desenhos animados da preferência dos alunos.

Para que as apresentações envolvam os alunos em um trabalho pedagógico mais reflexivo, é importante que estejam sempre organizados em equipes e que após a apresentação sempre se discuta os critérios utilizados para avaliar o trabalho feito e as possíveis implicações morais e emocionais do que se assistiu na vida e no cotidiano de cada aluno.

ALTERNATIVAS DE USO DESSE JOGO PEDAGÓGICO

- O professor pode sugerir que alguns alunos organizem um arquivo sonoro, gravando ruídos diversos e extraídos de programas de televisão, para que sirvam como pano de fundo para as apresentações propostas. A apresentação do teatro de bonecos pode assumir uma linha temática e, dessa forma, trazer como temas fatos ou episódios aprendidos em História, Geografia, Ciências ou temas da Literatura Infantil.

Nome	CIRANDA, CIRANDINHA, VAMOS TODOS CIRANDAR...
Idade	CRIANÇAS DE 6 ANOS OU MAIS
Recursos	UM GRAVADOR DE VOZ, SE DISPONÍVEL
Objetivos	TRABALHAR A INTERPRETAÇÃO ARTÍSTICA E RESGATAR O PASSADO POR MEIO DE CANÇÕES E MODINHAS POPULARES

É perfeitamente natural que as crianças estejam envolvidas e sintonizadas nas músicas de sua época, divulgadas pelas rádios ou promovidas pela televisão, mas o fascínio despertado pela música moderna não deve impedir a interdisciplinaridade que pode ser explorada pela aula de Artes, levando os alunos a soltar a voz, resgatando por meio da arte cênica e da música a história do lugar. A atividade deve ter início com uma pesquisa que visa resgatar entre as pessoas mais antigas da comunidade as cantigas e modinhas de outros tempos, desde as canções religiosas até as cantigas de ninar.

Com esse material devidamente registrado sobre quando e onde foi coletado e a que época se refere, basta formar duplas ou conjuntos para sua gravação e apresentação.

A apresentação da pesquisa pode ser feita como um show, mas pode também representar a organização de um acervo, colecionando-se fitas gravadas pelos alunos organizadas entre o material pedagógico da escola. É sempre importante que a apresentação tenha como meta o aprimoramento artístico do aluno, sem se afastar da caracterização da época.

ALTERNATIVAS DE USO DESSE JOGO PEDAGÓGICO

- Um trabalho interessante é pesquisar as cantigas conhecidas de uma determinada época de muitos lugares diferentes;
- Uma pesquisa interessante pode mostrar os hinos de clubes de futebol e, por meio de suas letras, refletir-se sobre o caráter explícito de seus significados e a representação desse esporte como elemento característico da cultura brasileira.

Nome	O HINO DE NOSSA TURMA
Idade	CRIANÇAS DE 7 ANOS OU MAIS
Recursos	UM GRAVADOR DE VOZ, SE DISPONÍVEL
Objetivos	TRABALHAR A INTERPRETAÇÃO ARTÍSTICA E ESTIMULAR A CRIATIVIDADE DOS ALUNOS

O sentimento de solidariedade que todo aluno sente por sua escola, sua classe ou mesmo a sua equipe se vê fortalecido toda vez que é apresentado com um slogan, na busca de cores que dão identidade ao grupo, e, principalmente, em um hino.

A proposta desse jogo é justamente estimular os alunos a aprender o significado moral e integrador de alguns símbolos e que, tal como acontece com seu país, seu Estado, seu município ou a equipe esportiva de seu coração, construam também o hino de sua escola ou de sua classe e em um plano mais restrito da sua equipe de trabalho e de jogos operatórios.

Como não é fácil o domínio de toda estrutura essencial para realizar essa atividade, a sugestão é a da construção de uma paródia, em que se utiliza uma música conhecida, geralmente popular, e se substitui a letra original por outra criada pelos próprios alunos. O que se requer são versos simples, cantados ao som de uma melodia popular, mas que possam efetivamente expressar sentimentos de altruísmo e de solidariedade. O passo inicial pode ser, por exemplo, uma reflexão sobre o sentido e a mensagem de um hino, buscando-se a significação de sua letra.

Após essa compreensão, um debate sobre valores e virtudes que se acreditam possíveis de se agregar ao ideal da turma ou da escola pode ser feito e, finalmente, a construção da paródia. É interessante o professor sugerir a formação de uma comissão julgadora para avaliar os diferentes hinos apresentados e gravados e marcar uma apresentação em que cada grupo transmitirá sua mensagem, por meio da linguagem musical.

ALTERNATIVAS DE USO DESSE JOGO PEDAGÓGICO

- Os populares "desafios", muito comuns no folclore brasileiro, constituem uma forma musical de um debate cantado e podem ser propostos pelo professor, desde que se cuide para que os versos tenham rima e se afastem de colocações agressivas ou competitivas. Uma sugestão interessante é recomendar que os alunos, organizados em grupos, preparem paródias com hinos das diferentes disciplinas escolares ou de cada uma das inteligências múltiplas.

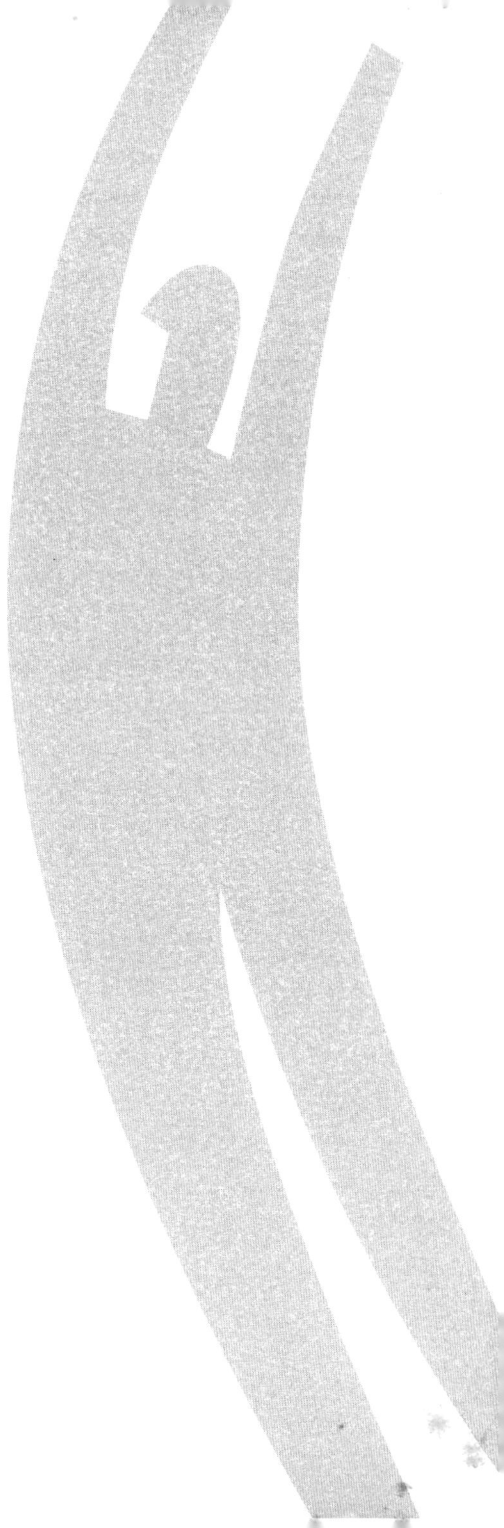

CONCLUSÃO

A maneira como se pensava educação era muito diferente da de agora em meus tempos de criança. Naquela época, a sala de aula era lugar sisudo e silencioso, onde não se permitiam momentos para jogar. Os estudos de Piaget e de Vygotsky sobre o inefável significado e importância do jogo para a educação talvez fossem conhecidos, mas jamais eram aplicados. Por essa razão, era rigorosa a separação da "sala de aula" como o lugar do decorar informações e o "pátio da escola", livre para se brincar e jogar. Pouco me lembro das coisas que aprendi em sala de aula, jamais esquecerei o que a prática dos jogos com os amigos pôde me ensinar.

Hoje, os tempos são outros, e já cresce o bom-senso em assim não se acreditar.

A sala de aula, espaço de aprendizagem é, por isso mesmo, lugar para se jogar, e foi com a intenção desses novos tempos e dessa nova e edificante educação que este livro se formou. Que os professores não façam dos jogos aprendidos suas únicas estratégias de ação e envolvimento, de socialização e aprendizagens significativas. Que os jogos sugeridos sejam propostas para outros, muitos outros se buscar.

INDICAÇÕES DE LEITURAS

AGUIAR, J. Serapião. *Jogos para o ensino de conceitos*. Campinas: Papirus, 1998.

ALMEIDA, P. N. *Educação lúdica*. São Paulo: Edições Loyola, 1987.

ANTUNES, Celso. *Manual de técnicas de dinâmica de grupo, sensibilização e ludopedagógicas*. Petrópolis: Vozes, 1987.

________________. *Inteligências Múltiplas e seus jogos – 8 volumes*. Petrópolis: Vozes, 2008.

________________. *A linguagem do afeto*. Campinas: Papirus, 2005.

________________. *A teoria das inteligências libertadoras*. Petrópolis: Vozes, 2000.

________________. *O jogo e a educação infantil*. Fascículo 15 (Coleção Na Sala de Aula) Petrópolis: Vozes, 2003.

________________. *Jogos para o bem falar – Homo Sapiens, Homo Loquens*. Campinas: Papirus, 2003.

________________. *Jogos para a estimulação das múltiplas inteligências*. Petrópolis: Vozes, 1999.

BOFF, Leonardo. *Saber cuidar – ética humana – compaixão pela Terra*. Petrópolis: Vozes, 1999.

CALVIN, Willian H. *Como o cérebro pensa*. Rio de Janeiro: Rocco, 1998.

CAMPS, Victória. *O que se deve ensinar aos filhos*. São Paulo: Martins Fontes, 2003.

CUNHA, Nilse Helena Silva. *Brinquedo, desafio e descoberta: subsídios para a utilização e confecção de brinquedos*. Rio de Janeiro: FAE, 1988.

DEACOVE, Jin. *Manual de jogos cooperativos*. Santos: Projeto e Cooperação, 2002.

DELORS, Jacques. *Educação: um tesouro a descobrir. Relatório para a UNES*

CO da Comissão Internacional sobre Educação para o Século XXI. São Paulo: Cortez, 1998.

DIAMOND, Marian e HOPSON, Janet. *Árvores maravilhosas da mente*. Rio de Janeiro: Campus, 2000.

GARDNER, Howard. *Estruturas da mente. A teoria das inteligências múltiplas*. Porto Alegre: Artes Médicas, 1994.

GOTTMAN, J. & DE CLAIRE, J. *A Inteligência Emocional na arte de educar nossos filhos*. Rio de Janeiro: Objetiva, 1997.

GRANATO, M. S. G. et al. *El juego en proceso de aprendizaje*. Buenos Aires: Humanitas, 1992.

HUIZINGA, Johan. *Homo Ludens*. Madrid: Alianza/Emecé, 1984.

JACQUIN, G. A. *A educação pelo jogo*. São Paulo: Editora Flamboyant, 1963.

KHISHIMOTO, Tizuco Morchida. *O jogo e a Educação Infantil*. São Paulo: Pioneira, 1994.

MATURANA, Humberto; VARELA, Francisco. *A árvore do conhecimento*. São Paulo: Editorial PSY II, 1995.

MELLO, Guiomar Namo de. *Educação escolar brasileira – O que trouxemos do século XX*. Porto Alegre: Artmed, 2004.

MIRANDA, Nicanor. *200 jogos infantis*. Belo Horizonte: Itatiaia, 1984.

NUNES, T. , BRYANT, P. *Crianças fazendo matemática*. Porto Alegre: Artes Médicas, 1997.

PAPALIA, Diane E. & OLDS, Sally Wendkos. *O mundo da criança*. São Paulo: Makron Books, 1998.

PIAGET, Jean. *O nascimento da inteligência da criança*. Rio de Janeiro: Zahar, 1975.

PINKER, Steven. *Como a mente funciona*. São Paulo: Companhia das Letras, 1998.

SILVA, Vânia Beatriz Monteiro (Consultoria, supervisão técnica e revisão). *Pedagogias do século XX*. Porto Alegre: Artmed, 2003.

VYGOTSKY. L. S. *O brinquedo e seu papel no desenvolvimento da criança*. Leningrado: Instituto Pedagógico, 1993.

CONHEÇA TAMBÉM:

Anotações

Anotações

Anotações

Anotações

Anotações

Impressão e Acabamento